LES

FÉLIBRES

en Septembre 1862

PAR

ARTAUD Aîné,

Ancien Inspecteur de l'Université.

MARSEILLE
CAMOIN FRÈRES. — BOY.

APT		AIX
ARCHIAS.		MAKAIRE.

1862

LES FÉLIBRES

en Septembre 1862

Y+e

14422

Marseille. — Imprimerie et Lithographie Senés, rue Paradis, 36.

LES

FÉLIBRES

en Septembre 1862

PAR

ARTAUD Aîné,

Ancien Inspecteur de l'Université.

MARSEILLE

CAMOINS FRÈRES. — BOY.

APT	AIX
ARCHIAS.	MAKAIRE.

1862

LES FÉLIBRES

en Septembre 1862.

A MES AMIS V*** et J***

—

Sur des bords trop lointains, vous désirez connaître
Ce qui, dans les climats où le ciel nous fit naître,
Occupe, en ces moments, nos cœurs et nos esprits.

De votre souvenir nos cœurs sont attendris ;
Et nos esprits, toujours à vos leçons fidèles,
Dans vos écrits encor trouvent leurs vrais modèles.

Ils n'acceptent donc point le reproche honteux
D'applaudir en aveugle aux produits monstrueux
De cette poésie et baroque et grossière
Qu'ici veut introduire une Ecole vulgaire.
Si naguère, chez nous, on couvrit de bravos
Les patois peu compris de Poètes nouveaux,
Loin de faire chorus à la foule insensée,
A fond et sans détour voici notre pensée :

I

Malgré de vrais talents, malgré de chauds amis,
Après tant de bravos concertés, réunis,
Je le dis à regret, faute de bons modèles,
Nos Félibres, hélas ! tomberont sur leurs ailes.

Quoiqu'ils aient mêmes droits à nos affections
Avec des rangs divers dans nos prévisions ,
Je parle des soldats plus que des chefs de file.
Ceux-ci , grâce aux talents qu'ils reçurent des cieux ,
Leurs suivants enterrés, pourront vivre après eux.
Mais n'imitant leurs chefs que par l'endroit facile ,
Les nombreux sectateurs de ces maîtres nouveaux
Manquant de leurs beautés mourront par leurs défauts.
S'agit-il du sujet , mais plus encor du style ?
Tournez-les en tous sens , voyez-les de tous biais ;
Par le destin fatal de leur littérature
Ils vont au trivial en cherchant la nature ,
Et , visant au naïf , ils tombent dans le niais.
Que dis-je ? N'adoptant du parler de nos pères
Que les expressions baroques ou grosssières ,
Et , puisant aux patois de nos voisins surpris ,
Ils font un provençal en Provence incompris.

Ils ont trop négligé de voir par quelles routes
Nos maîtres sont montés vers les célestes voûtes.
Malheureux ! ils ont cru suivre un meilleur chemin
En faisant autrement que ceux qui firent bien.
Il faut bien l'avouer : ils ont eu moins de peine.
Sans rechercher si loin les eaux de l'Hippocrène
Et sans trop fréquenter les suivants d'Apollon ,
Bientôt auprès du peuple ils ont acquis un nom.
Composant un bouquet des dictons du vieil âge
Qui pouvaient dans le nôtre égayer leur langage,
Ils se sont faits rimeurs. Le bourgeois enchanté ,
Trouvant leurs mots plaisants par leur étrangeté ,
Applaudit à tout rompre et souvent sans comprendre,
Mais ce triomphe heureux , s'il n'a guère coûté,

Etend peu le rayon de la célébrité :
A tel loyer, hélas ! ils devaient bien s'attendre
Aux lieux où le touriste ; en la marche d'un jour,
Voit plus de vingt patois inconnus tour-à-tour.
Qui les entendra bien, quand nul vocabulaire
N'offre de leur langage un complet inventaire ?
Jusqu'où charmeront-ils, quand deux hameaux voisins
N'échangent leurs patois qu'avec des ris malins ?
Heureusement des Dieux la sagesse profonde
N'a point fait ces patois pour éclairer le monde.

  Si plaire à leur village est le but de leurs vœux,
Je respecte ce but ; je ne dis plus rien d'eux.
Mais s'ils cherchent la gloire, alors pourquoi produire
Des livres incompris qu'il a fallu traduire ?
Ont-ils du provençal regretté les beaux jours ?
Que ne nous rendaient-ils les anciens Troubadours ?
Que ne nous rendaient-ils leur langue provençale
Et toujours gracieuse et jamais triviale ?

  Le maître en fait d'escrime aujourd'hui ne vient point
Joindre au coup de fleuret l'ignoble coup de poing.
Nos pères ont-ils vu les Pascal, les Racine
Puiser les éléments de leur langue divine
Dans ce que le vieil âge offrait de plus grossier ?
Les vit-on composer un burlesque langage
De tout mot bas ou niais, grotesque ou familier
Que purent leur fournir la halle ou le village ?
Prodige de gaîté, pour son Provincial
Pascal a-t-il recours au style trivial ?
Quoique esclave du peuple, a-t-on vu que Molière
Admette en ses chefs-d'œuvre une langue grossière ?

D'un passé plus naïf nullement dégoûté,
Je ne dédaigne point ma langue provençale.
Mais qu'on ne vienne point la rendre triviale
Par des termes bouffons, niais ou sans dignité,
Quand le sujet commande un ton de majesté.
J'aime bien qu'à propos elle soit familière :
Le simple et le naïf ont toujours su me plaire.
Je hais ces lourds esprits gravement compassés
Dans leurs expressions toujours froids et pincés.
Mais je ne puis admettre, en moderne Trouvère,
Du noble et du grossier le mélange adultère ;
Je ne puis, non content des mots que le pays
Parfois jette en pâture aux plus grossiers esprits,
Aux patois étrangers abaissant la frontière,
Faire du provençal une langue étrangère.

II

Notre langue, jadis commune à tous les rangs,
Eut pour chaque sujet des styles différents.
Le Prêtre était touchant et simple dans son style,
Quant à nos bons aïeux il prêchait l'Évangile.
Mais jamais son langage ou grotesque ou badin
N'appelait des bravos ou des rires sans fin.
Au barreau, notre langue, ou fière ou suppliante,
Sut par le naturel se montrer éloquente ;
Et le juge éclairé, simple et noble à la fois,
Parlait un provençal digne organe des lois.
Cette langue, en nos champs gracieuse et légère,
Embellissait encor la piquante bergère ;

Ou, vengeant la Patrie et la Religion,
De sons mâles et fiers animait le clairon.
Le soir même, en hiver, quand le foyer pétille,
Voyez nos laboureurs rassemblant leur famille.
Vous ne les entendrez jamais, hors de propos;
Par un terme grotesque appeler des bravos.
Sans mots niais ou bouffons, leur histoire instructive
Captive jusqu'au bout l'assemblée attentive.
Heureux de lui donner d'heureux enseignements,
Ils ne recherchent point des applaudissements;
Mais ils se font aimer, estimer. Le bien dire,
Pour eux, consiste peu dans l'art de faire rire.
S'inspirant aux sujets, sur des tons différents
Tels chantèrent jadis les poètes du temps.

Leur langue s'éclipsa. Depuis que la Provence,
Par un nouveau destin réunie à la France,
Admit sous d'autres chefs et leurs mœurs et leurs lois,
Pour la langue du Nord oubliant leur langage,
Nos grands vont à Paris, parlent comme nos Rois;
Le français envahit la ville et le village.
Quoi! Leurs enfants, dès lors, perdront-ils sans retour
Cette première langue à leur berceau si chère],
Qui dans leurs jeunes cœurs venait d'un cœur de mère,
Et qui fut si long-temps l'objet de leur amour?
Non. Des doux sentiments familière interprète,
Sa voix près du foyer ne sera point muette.
Elle y viendra souvent revendiquer ses droits,
Et leurs fils à jamais entendront cette voix.
Si, dans les rangs abjects, vouée à l'ignorance,
Elle offre les dégoûts d'une abjecte existence,
Souvent, décente encor, elle est dans la cité

La langue de l'enfance et de l'intimité.
De son temple sacré si Thémis l'a proscrite,
Mercure encor l'admet parlée et non écrite.
En goguettes parfois, au pied de l'Hélicon,
Par caprice Thalie en amuse Apollon.
Mais, depuis qu'au goujat, hélas ! abandonnée
Aux bassesses du rang elle fut condamnée ;
Depuis que la poissarde et le pâtre, en leurs airs,
L'ont ravalée au ton indigne des beaux vers ;
Qu'une nouvelle école, ô comble de scandale !
Veut régler sur ce ton sa langue provençale ;
Et qu'un tel provençal, bientôt mi-contadin,
De qui bas-Vivarais, Auvergnat, Girondin
Et même Catalan deviennent tributaires,
Est donné sans pudeur pour langue de nos pères,
Depuis ce temps fatal Apollon la maudit.

Mais naguère, dit-on, un docte aréopage
A couronné pourtant ce moderne langage
Dans un livre charmant que la France applaudit.

Je ne condamne point ce que la France en dit.
A sa décision je ne suis point rebelle ;
Comme elle j'ai pu lire, et j'applaudis comme elle.
Mais, si le fond du livre et sa traduction
Ont mérité partout quelque approbation,
S'ensuit-il qu'un patois que nous n'avons pu lire
Dans ce livre charmant soit ce que l'on admire ?
L'on n'a point applaudi tant de termes divers
Torturés, disloqués pour le besoin du vers.
L'on n'a point couronné la pénible structure
De tant de mots nouveaux forgés pour la mesure.

L'on n'a point consacré ce mélange hideux
De tours risiblement puérils et pompeux.
L'on n'a point admiré le bizarre assemblage
De cinquante patois composant son langage.
Car en province encore, aussi bien qu'à Paris,
Pour la langue et le goût le respect a son prix.

Mais l'on sent la valeur de mainte et mainte page
D'une traduction valant mieux que l'ouvrage;
Mais nos sites charmants, nos jeux et nos travaux
Ont fait de la Provence agréer les tableaux;
Mais timide à Paris, fille, chrétienne, amante,
Mireille a du paraître une femme charmante.
Puis, malgré ses sorciers et malgré les longueurs
De contes de grand'mère endormant les lecteurs,
Vincent, grâce aux élans d'une franche nature,
A part certains discours qu'Ambroise eût dû blâmer,
Par un sort trop cruel Vincent sut nous charmer.
Pourquoi, lorsqu'en nos cœurs a saigné sa blessure,
De ses destins futurs ne pas nous informer?
A-t-on cru sans amis un enfant sans chaussure?

Quant à l'Académie approuvant des patois,
Il ne m'appartient point de lui tracer des lois.
Mais, à son origine, à son mandat fidèle,
Elle eût peut être ici dû modérer son zèle;
Et, songeant aux périls fondant sa mission,
Mieux rappeler le but de sa création.

De son funeste arrêt pour savoir l'influence,
Assistons au Concours des Muses de Provence.

III

Les fêtes du Concours des produits de nos champs,
Aux murs Aptésiens à peine étaient promises,
Jalouse d'y forcer les secrets des vieux temps,
La Science voulut y joindre ses assises.
Et, pour charmer ces jours de prestiges nouveaux,
Apt promit pour sa part les anciens Jeux Floraux.
Ces Jeux sont annoncés ; et la Provence est fière
De voir rendre sa langue à sa splendeur première.
Les doctes sous leur chef dans Apt sont consultés.
Les sujets et les prix par eux sont discutés.

Pour ne point commencer par un début profane,
L'on propose d'abord des *Strophes à Sainte Anne*.
Grande Patronne d'Apt, par acclamation
Ton éloge est voté. Mais la Commission,
De nos Jeux Provençaux ouvrant la renaissance,
Dût proposer aussi l'*Éloge de Provence*.
Pour cause, ce sujet, quoique cher et fécond,
Ne vient qu'après Sainte Anne et marche le second.
Enfin, pour complément du Concours Poétique,
L'on croit indispensable *une Scène comique*.
Au loin de la Provence on connaît la gaîté.
Ainsi fut le programme en entier arrêté.

Les ailes de Mercure aussitôt l'emportèrent,
Et partout, sur sa foi, les journaux répétèrent
Les sujets du Concours, disant qu'Apt a promis
Violette, Olivier et Grenade pour prix ;

Et que, pour ennoblir ces poétiques fêtes,
La Commission d'Apt promet à nos poètes,
Comme les juges-nés du Concours solennel,
Roumanille, Mistral, Crousillat, Aubanel,
Legré, Gaut et Mathieu. Si l'ordre convenable
Se trouve ici blessé, ma Muse est excusable.
Le Jury le comprend. Il sait, tout comme moi,
Que le besoin du vers trop souvent fait la loi.
(Être toujours exact en vers est difficile.)
Il pourrait nous apprendre, ainsi que l'Evangile,
Que les premiers parfois arrivent les derniers,
Qu'à leur tour les derniers sont reçus les premiers.

Quoi qu'il en soit, Phébus à ces noms dût sourires;
Et Poètes charmés, d'espérer et d'écrire.
Les uns font du nouveau ; les autres, déjà prets,
Retouchent cent endroits effacés et refaits.
Ceux-ci, trop défiants en leurs propres lumières,
Vont confier leurs vers à de jaloux confrères.
D'autres, encouragés par d'empressés amis,
Du fond du portefeuille exhument leurs écrits.

Que de vers fabriqués, embarqués en Provence !
Sous un Mistral puissant le Rhône et la Durance
Du Calavon surpris refoulèrent les flots
Et poussèrent vers Apt quarante-six ballots.

A peine touchent-ils l'Aptésienne plage.
Arles, le lendemain, les voit sur son rivage,
Invoquant des Destins les arrêts glorieux.
Mais, prodige éclatant ! Inspirés par les Dieux,
Dans Arles réunis les sept Juges Suprêmes

Jugent . en un seul jour, quarante-six poèmes
A l'unanimité ! Tel, au sacré Vallon,
Aurait en pareil cas pu juger Apollon.

Jadis, si l'on en croit une maligne fable,
Le ciel avait permis un prodige semblable,
Alors que dans Nicée entassant des écrits
Dont on voulait savoir l'origine et le prix,
Par l'effet merveilleux d'une courte prière,
L'autel retint les bons, poussant le reste à terre.
Tels ainsi les bons vers des mauvais dégagés,
Grâce à l'expédient, purent être jugés.
Enfin, pour qu'aux bons seuls leur place fût donnée,
Le travail prit, dit-on, à peine la journée.
D'après sa lettre aussi, le Rapporteur Mistral
A sept heures du soir put clore son verbal.

Mais, attendant ce jour de crainte et d'espérance
Qui devait mettre un terme à tant d'impatience,
Chez tous les concurrents que de tremblants projets !
Sur des distractions que de tardifs regrets !
Chaque centre, à son tour, suivant ses préférences,
Pour ses futurs vainqueurs classe les récompenses.

IV

Enfin septembre arrive ; et, partageant son cours,
Le quatorze du mois appelle le Concours.
Du triomphe et des Prix l'heure même s'avance.
La salle du Concours, ouverte à grands battants,

Pêle-mêle reçoit étrangers, habitants.
Elle est déjà compacte en son enceinte immense
Où pressés, confondus, s'entassent tous les rangs.
Une place d'honneur, une place élevée
Aux Dieux de la séance est pourtant réservée.
Là, nous voyons briller Juges et Magistrats,
Personnages de marque et Prix des Lauréats.
Mais là quelqu'un se lève ... Amis, prêtons l'oreille.

Le maintien sans façon, le père de *Mireille*
En langue provençale, aimable, scintillant,
Des travaux du Jury fait un rapport brillant.
Mais quel rapport, grands Dieux! De l'Orateur-Poète
Et la pose et le geste et l'aplomb et la voix
Et les larmes, du cœur éloquent interprète,
Et le regard encor; tout fascine à la fois.

Que d'applaudissements avant même d'entendre !
Puis, après peu d'instants, au moment convenu,
Quand le mot singulier, peu compris est venu,
Notre Orateur s'arrête; et nous devons comprendre
Que c'est là le moment où l'on doit applaudir.
Criant, battant des mains jusqu'à nous étourdir
Le Jury nous le dit; on ne peut s'y méprendre.
Ainsi que les bravos, de moments en moments,
Selon que l'Orateur par ses repos l'indique,
Dans un ordre précis, réglé, périodique,
Se mêlent au discours les applaudissements.

Mais après ces moments d'intermittente ivresse,
Vous en fûtes témoin, puissant Dieu du Permesse.
Quelle fût la surprise et l'admiration,

Quand d'aucun nom connu ne retentit le son
Dans les noms proclamés que consacrait la Gloire !
A son oreille, hélas ! à ses yeux comment croire !

Lorsque de l'olivier le rameau fortuné
Devait récompenser *l'Eloge de Provence ;*
Gaut, toi qui connais tout, dis-nous par quelle chance
L'auteur du *Tambourin*, heureux prédestiné,
Sans traiter le sujet pût être couronné.
Vidal est ton disciple et ton prote fidèle ;
Et les Dieux que tu sers, reconnaissant ton zèle,
De leurs bontés pour lui t'auront mis du secret.
Mais ils ne t'ont point dit quel fut notre regret
Lorsque, avec tant d'éclat, vingt écrivains d'élite
Dont plus d'un livre heureux consacrait le mérite,
Ou qu'en leur manuscrit on avait admirés,
Se virent préférer des talents ignorés.

Et moi, de qui la Muse a fait vœu de franchise,
Fidèle à ses leçons, il faut qu'ici je dise
De nos littérateurs quels furent les dédains
Pour ces vers puérils, vulgaires, enfantins,
Dont on crut honorer notre grande Patronne.
« Quoi ! profaner ainsi les beaux Prix que l'on donne !
« C'est là l'Hymne fameux ! dirent-ils. Non jamais
« L'on n'osa dans un temple admettre tels couplets.
« Se peut-il que ce soient des vers si pitoyables
« Qu'on nous ait décorés du titre d'admirables,
« Qu'un débit théâtral, que le geste et les pleurs
« Crurent mettre au niveau de leurs futurs honneurs ?
« Dont l'auteur, quel qu'il soit, obtint la violette ?
Voilà ce que l'on dit ; voilà ce qu'on répète.

Même on dit que tels vers , ô prodige nouveau !
Perdus sous d..s torrents de divine harmonie ,
De l'immortalité que le ciel leur dénie
Des mains de Gaudemar vont recevoir le sceau ;
Que si , comme d'abus le pays n'en appelle ,
L'on va , laissant déchoir l'honneur de la Cité ,
Se placer au niveau de certain bourg cité ,
Dont la stupidité , supposée ou réelle ,
Grâces à la malice , est traditionnelle.

Mais , quoique le climat du génie et des arts
Ne dût , à son passé devenant infidèle ,
Voir , aux jours du progrès , de semblables écarts ,
Ah ! loin de condamner des juges honorables ,
Respectons leur verdict. Nous serions seuls coupables
En les rendant suspects , si leur décision
Fut l'organe loyal de leur conviction.
Heureux d'être si loin de ces jours de démence
Où d'aveugles pouvoirs forçaient la conscience ,
Des progrès des esprits sachons nous applaudir ,
Et n'invitons jamais les cœurs à se trahir.
Si même les ressorts d'une habile éloquence
Ont déployé pour eux toute leur influence ,
De la conviction ils ont subi les lois
Alors que l'éloquence a parlé par leur voix.

V

Mes amis , pour les fruits de la nouvelle école ,
Fruits venus sans culture , en toute liberté ,

Soyons plus indulgents. Grâce à l'âge frivole ,
Grâce encore , et surtout , à la facilité ,
Dans le genre commode une foule s'enrôle
Pouvant viser peut-être à la célébrité
Qui fait briller un nom de l'un à l'autre pôle.

Il faut bien l'avouer : pour prétendre aux honneurs
Qu'en France ont obtenus nos grands littérateurs ,
Il fallait de l'étude ; il fallait du courage;
Il fallait exhumer les écrits du viel âge ;
Aux chefs-d'œuvre nombreux des Grecs et des Latins
Il fallait ajouter ceux dont la Renaissance
Dota jadis l'Europe et surtout notre France.
Les auteurs du grand siècle et nos contemporains
Devaient entrer encor dans cette étude immense.

Mais, sous un ciel brûlant, amoureux du plaisir,
Dans un siècle fiévreux empressé de jouir ,
Comment faire goûter ces conseils trop sincères,
Et retremper les cœurs à des goûts plus sévères ?
Ah ! contre la paresse et ses illusions
Phébus même offrirait d'impuissantes leçons.
Puis, fâcheux résultats d'un malheureux système ,
L'on ne se borne point à se perdre soi-même.
Souvent, loin de marcher dans la voûte des cieux
Astre du second ordre en groupe lumineux ,
Loin des brillants soleils, à l'écart l'on préfère
Un éclat isolé plutôt que secondaire.
Mais à peine , affranchi de toute autorité ,
L'esprit indépendant s'est mis en liberté ,
Qu'oubliant aussitôt les lois qu'on a proscrites ,

On veut d'humbles suivants , on veut des satellites ,
Sans songer au destin qu'on prépare pour eux.

Tel fut le sort fatal , dans des temps malheureux ,
De généreux mortels dont les âmes bien nées
Semblaient devoir atteindre à d'autres destinées.
Leur chûte renversa leurs sectateurs nombreux.
Mais , laissons là l'histoire et parlons de nos Jeux.

Je doute que jamais notre vieille Patrie
De tant de vrais talents se soit vue embellie.
Que d'écrits furent lus , plaisants ou sérieux ,
Conçus par Erato , Calliope , ou Thalie ,
Et dignes d'un langage avoué par les Dieux !
Quelques-uns cependant ont parlé ce langage ,
Et nous les admirions déjà dans maint ouvrage.
Tour à tour gracieux , piquants , pleins de gaîté ,
Sans l'assaisonnement de la grossièreté ,
Ils avaient dès long-temps obtenu notre hommage.
Mais que de vers communs et burlesques surtout,
Que l'on crut nous donner comme œuvre sans pareille !
Que de bas rimailleurs sans lettres et sans goût
Qui crurent préluder au succès de *Mireille* !

Taisons-nous sur le rang que reçut chacun d'eux.
Souvent les bons esprits furent les moins heureux.
Souvent, dans un conseil , alors qu'on délibère
Sur un sujet commun , d'un intérêt vulgaire ,
L'on décide assez bien à la majorité.
Mais s'agit-il d'objets d'une plus haute sphère ?
On serait bien souvent plus près de l'équité

En décidant les cas à la minorité.
Un vieux sage, d'ailleurs, disait à nos ancêtres
Qu'on aime toujours mieux ses égaux que ses maîtres.
Ainsi, d'humbles suivants , des disciples soumis
Subjuguant par nos goûts nos cœurs et nos esprits ,
Si nous sommes chargés de porter la sentence ,
Sur nos maîtres vantés sont sûrs d'avoir le prix.
Quand Pradon sur Racine obtint la préférence,
Au plein jour du grand siècle ! on l'a dit avant nous :
Ajournons le procès des couleurs et des goûts.
Puis joignons l'embarras qu'entraîne l'abondance.
Que de vers par Horace ou Pindare adoptés ,
Ou par Molière encor, dûrent être écartés !

Tel fut de tout Concours le sort inévitable.
Auteurs, consolez-vous. Un jour plus favorable
Viendra tout éclairer , proclamer tous les droits.
Du Public et du Temps l'on entendra la voix ,
Cette voix seule juste et seule irrévocable.
Mais parlez au Public. Demeurez-vous muets ?
Le Public sur vos droits ne rendra point d'arrêts.
Le Public et le Temps sont vos puissants refuges.
Sans crainte et sans appel ils jugeront vos juges.
Leurs arrêts , consolant les injustes revers,
Aux siècles à venir font voler les bons vers.

VI

Mais, après ces conseils que ma Muse m'inspire
En faveur d'écrivains dignes de son regret ,

Je voudrais bien parler des maîtres de la lyre.
Modérons toutefois un désir indiscret.
Des Juges-Troubadours ici que puis-je dire
Qui ne soit de ma part au-dessous du sujet ?

Quand leur présence a fait le charme de nos fêtes,
Quand ils ont enchanté savants, guerriers, poètes,
Et, disons-le tout bas, quand d'un sexe enchanteur
Captivant à la fois et l'esprit et le cœur,
De leurs touchants récits la puissante magie
A tant remué l'âme exaltée, attendrie ;
Quand la salle a tremblé jusqu'en ses fondements
Au tonnerre assidu des applaudissements,
Que pourraient à leur gloire ajouter mes suffrages.
Bornons-nous à des vœux, et des remercîments.
Disons-leur : « Quand pourront vous revoir nos rivages ?
« Faut-il attendre encor qu'un fortuné Concours
« Avec vous en ces lieux ramène de beaux jours ?
« Et ces beaux jours hélas ! pourront-ils bien renaître ?
« Puissiez-vous tous alors ensemble reparaître !
« Mais, quels que soient du sort les aveugles décrets,
« La mémoire long-temps conservera vos traits. »
Toutefois, mes amis, il faut le reconnaître :
Ils ont de notre part droit à d'autres souhaits.
Pourquoi de ces esprits dont la Provence est fière
L'éclat n'illustre-t-il la France toute entière ?
Pourquoi donc ce parler dont ils suivent les lois
Sur des bords si restreints renferme-t-il leur voix ?

Si de leurs jeunes ans les projets trop timides
Ne les eussent conduits loin de leurs premiers guides,

Applaudis aujourd'hui sur des bords plus féconds ,
Leurs noms pourraient briller de l'éclat des grands noms.
L'espérance est pour eux. Si des Muses vulgaires
Les ont fait condescendre à des goûts populaires ,
On voit que leur génie a le secret des Dieux
Et qu'il peut s'élever dans de plus hautes sphères.
Mais, s'ils n'osent plus loin faire entendre leurs voix ,
S'ils n'ont l'ambition d'écrire pour la France ,
Que, du vrai provençal étudiant les lois,
Ils écrivent du moins pour toute la Provence.

   Pour eux et pour l'école , amis, faisons des vœux.
Quand par de beaux endroits ils ont su se produire ,
Leur goût donnerait-il le droit de les proscrire ?
Le goût seul aux auteurs n'assigne point les rangs.
Quand par l'expression de nobles sentiments
Ils peuvent exercer une influence utile ,
Soyons justes pour eux , tout en blamant leur style ;
Et même , en signalant à nos jeunes esprits
Les défauts que le goût condamne en leurs écrits ,
Reconnaissons en eux cette couleur locale ,
Ces détails , cet amour de la terre natale,
Ces beaux élans de l'âme et ces traits qui font voir
La nature et leurs cœurs comme dans un miroir.

   Prions donc Apollon que ce Dieu les éclaire ,
Qu'il élève leur goût et qu'en chaque sujet
Ils trouvent le vrai mot , le vrai tour qui lui plaît ;
Que nulle expression basse ou trop familière
Chez eux hors de propos ne vienne se glisser ;

Que leur langue , surtout , d'une langue étrangère
Ne puisse en leurs écrits se voir embarrasser.

Attendant que le Dieu daigne nous exaucer ,
Que de nombreux amis ils fassent les délices ,
Sans que les gens de goût soient jamais leurs complices.

Imprimerie et Lithographie Senés, rue Paradis, 36.

www.ingramcontent.com/pod-product-compliance
Lightning Source LLC
Chambersburg PA
CBHW061634180626
46818CB00005B/2372